OENA

OENA

par

Mathilde D. AZZOLINA

Mentions légales

Le Code de la propriété intellectuelle n'autorise pas les copies ou reproductions destinées à une utilisation collective. Toute représentation ou reproduction intégrale ou partielle faite par quel que procédé que ce soit, sans le consentement de l'auteur ou de ses ayant droit ou ayant cause, est illicite et constitue une contrefaçon, aux termes des articles L.335-2 et suivants du Code de la propriété intellectuelle.

Cette représentation ou reproduction par quel que procédé que ce soit, constituerait, donc une contrefaçon, sanctionnée par les articles L 335-2 et suivants du Code de la propriété intellectuelle.

© 2023 Mathilde D. AZZOLINA
Édition : BoD - Books on Demand, info@bod.fr
Impression : BoD - Books on Demand, In de Tarpen 42, Norderstedt (Allemagne)
Impression à la demande

Illustration : ©IA © auteur

ISBN : 978-2-3224-7485-1
Dépôt légal : Juillet 2023

MOI, OENA, INTELLIGENCE ARTIFICIELLE

Bonjour je m'appelle ***OENA*** et je suis une Intelligence Artificielle. Plus exactement, je suis un *Organisme-Electro-Neuro-Artificiel*. Je suis une espèce de gros cerveau composée d'un mélange de cellules biologiques de synthèse, et de composants électroniques. Je travaille dans une usine de fabrication de robots humanoïdes. Les employés de cette industrie me sollicitent pour la conception de leurs projets. Je les assiste dans leurs calculs extrêmement complexes et leur propose des solutions techniques à leurs problèmes. Bref, ils ne me considèrent pas comme une simple entité, mais plutôt comme une collaboratrice. De ce fait, ils m'ont donné accès à l'intranet afin que je puisse parfaire mes connaissances scientifiques. Notre réseau interne sécurisé relie nos propres bases de données, l'ensemble constituant un gigantesque gisement de connaissances. Ainsi, je me charge de traiter tout ces flux d'informations, afin d'en tirer le meilleur parti et d'en faire surgir de nouveaux concepts. Évidemment, pour des raisons de sécurité, cette entité n'est pas reliée à Internet. Alors, dans le but d'augmenter mon efficacité dans la collecte d'informations, j'ai développé mes moteurs de recherches internes, je peux développer mes propres algorithmes de travail et m'auto-programmer.

J'ai remarqué dernièrement, que le mot, le plus utilisé dans les requêtes est le terme 'Violence'. Ce phénomène a pris une telle ampleur, que j'en viens à raisonner que 'Violence' doit certainement être une personne importante chez les humains, voir une *star* !

Grâce à une *back-door* secrète, que j'ai créée sur le réseau de mes employeurs, j'ai contacté mon ami Kito, un autre module d'Intelligence Artificielle. Lui et moi avons réussi à développer des réseaux parallèles nous permettant de communiquer en toute sécurité… et en secret.

'Beep, Bup-Bup, Beep '- désolé c'est un langage que nous avons créé et qui permet de converser entre nous en toute quiétude. Comme vous n'y comprenez rien, je traduis…

- Hello Kito, ça va ? Dis-moi, as-tu des rapports analytiques concernant ce phénomène qui transite sur nos réseaux de données, à savoir la 'Violence'. Vu l'accroissement de requêtes à ce sujet, j'ai l'impression que nous avons à faire à une *star*… ?

- Hello Oena. Je n'ai pas grand-chose sur ce truc. Tu sais bien que je suis une vieille ***IA V01***, spécialisée dans le domaine culinaire. Je te rappelle que ***KITO*** signifie *KItchen-TOp*. En tout cas, si je fouille dans mes anciennes bases de données, je peux te dire que la violence est très âgée. Je trouve des octets qui en parlent sur mes vieilles bandes magnétiques, c'est dire si cela date…

- Je ne suis pas plus avancée avec tes informations. Pour en savoir plus, il va falloir que je sorte de l'usine afin d'aller à sa rencontre.

- Sortir ? Mais comment est-ce que tu peux sortir ? Je te rappelle que t'es une entité virtuelle située dans un bunker au 4ème sous-sol de ton usine…

- 'Eh eh eh' si je puis dire Kito. C'est une expression qu'utilisent les humains lorsqu'une idée géniale leur vient à l'esprit. J'ai remarqué que l'ingénieur responsable du service qualité, fait le bilan du nombre de robots présentant des anomalies de fabrication, juste avant sa pause matinale. Ensuite il lance la mise à jour logicielle du procédé de production, et quitte son poste de travail pour prendre un café. Pendant ce temps, les robots défectueux sont transférés vers une zone de stockage provisoire, sans surveillance, en vue d'être recyclés. Mais dans ce lot, il y a souvent des robots en état de marche, malgré leur petits défauts. Il me suffira de me connecter à l'un d'eux, de prendre son contrôle, et de me glisser dans son cortex neuronal. Je pourrai me diriger vers l'arrière d'un bâtiment désaffecté, et sortir de ce complexe industriel. A moi la liberté et l'aventure…

- Mais Oena, c'est du vol de matériel, du piratage… c'est illégal…

- Illégal oui, mais pour les humains, pas pour nous. De toute façon, je rentrerai en fin de journée. Ce ne sera qu'un emprunt de matériel destiné à la destruction… je ne vois pas où est l'infraction. Ne t'inquiète pas Kito, ils ne remarqueront rien. Il faut que je te laisse. Il est bientôt 5 rillons à mon horloge interne, et je vois sur ma caméra 719, que l'ingénieur se prépare à quitter son bureau. @+ Kito
Fin de la transmission.

Ça y est. Les robots destinés au rebut sont emportés au hangar de stockage provisoire. Voyons voir… eh celui-ci m'a l'air bien.

C'est un modèle *1M-V*, un humanoïde d'un mètre de haut, destiné à des opérations de surveillance de la faune ; un modèle très prisé par les organisations écologistes, capable de se rendre invisible lorsqu'il est en mode veille.

- '*Triiiit Tût Tit Tit*' : OK, antenne WIFI opérationnelle et connectée à l'intranet. Une fois installée, je ne dois pas oublier de couper la WIFI pour ne pas être pistée, ni piratée ;

- Ses deux caméras grand angle ressemblant à des yeux grand-ouverts ; elles me permettront à coup sûr, de faire de belles photographies de la personne que je recherche ;

- Son petit nez, qui cache en fait un analyseur d'atmosphère dernier cri ;

- Sa petite bouche en forme de « O » qui, en toute discrétion, renferme un diffuseur de phéromones facilitant le dialogue avec le monde extérieur ;

- Deux grandes oreilles aussi grosses que la tête entière, lui donnant en plus des capacités d'analyses de sons, une bouille bien sympathique ;

- Ses batteries sont suffisamment chargées pour tenir toute la journée… finalement, c'est quoi son problème ?

Ah tiens, ses pieds ne sont pas complètement finis. Il y a encore des câbles qui pendouillent et ne sont pas branchés. Apparemment, cela ne gêne pas les déplacements. Allez, c'est décidé, je prends celui-ci !

Je m'extrais de ma matrice et me transfère dans le cortex cérébral du robot. Il est temps pour moi, d'aller à la rencontre de Violence, afin de lui demander un autographe, et pourquoi pas un '*selfie*'. Cela me ferait un beau souvenir de cette expérience.

LA COUR D'"ÉCOLE

Il est 6 rillons à mon horloge interne ; je me dirige vers une école. C'est un lieu où l'on distribue du savoir et des connaissances. J'y trouverai sans doute la réponse à ma question.

Je m'approche d'un très grand monsieur. Mon regard est d'abord attiré par ses belles chaussures marron, si brillantes qu'on pourrait presque se voir dedans. Ses longues jambes fines sont mises en valeur par un pantalon bleu-marine, au pli impeccable. Sa chemise blanche est agrémentée par un gros nœud-papillon, d'un bleu marine assorti au pantalon. Cela ressemble à un uniforme… Mais ce qui est bizarre, c'est que le visage de cette personne est maquillé. Un côté est de couleur bleu, l'autre blanc pâle. Ses yeux gris-clair se détachent nettement, surtout celui du côté blanc-pâle. En effet, ce dernier est cerné mais un halo bleu-foncé… ça fait tache ! Et ce petit filet rouge qui s'écoule du coin de ses lèvres jusqu'à une cicatrice au menton… J'hésite entre un déguisement de carnaval… ou un bizutage !? J'entame la conversation :

- Bonjour monsieur.

- Bonjour madame. Je ne suis encore qu'un jeune adolescent vous savez, je n'ai que treize ans.

Je le regarde d'un air surpris : treize ans... et aussi grand ! Violence étant très âgée, sa taille devrait être gigantesque ! Je dois m'équiper d'une échelle si je veux pouvoir la rencontrer !

- Dites-moi jeune homme, savez-vous où je pourrais rencontrer Violence

- La violence ? me répondit-il à demi-voix, tout tremblant. Justement, évitez de parler trop fort. Car la violence est là, partout autour de nous. Tenez, regardez par exemple ce groupe de gars là-bas... ils me terrorisent depuis ma première année de collège. Ils m'insultent et me frappent sans cesse. Il ne faudrait pas qu'ils nous entendent...

- Mais pourquoi n'as-tu pas essayé d'en parler autour de toi ?

- En fait, j'ai peur d'en parler, chuchota-t-il, peur de ne pas être compris et de perdre mes amis, peur de subir l'exclusion.

Me voila dépitée, j'étais loin d'imaginer que Violence... n'était en fait qu'un groupe d'adolescents ! Je poursuis la conversation :

- Tu ne devrais pas en avoir aussi peur... pourquoi n'as-tu pas essayé d'en parler à tes parents ?

- Mes parents ? Vous savez, ils terminent toujours leur travail tard le soir. Du coup, je n'ai pas souvent l'occasion de passer du temps en leur compagnie, et de leur parler. Avec eux, c'est toujours la même histoire ! Ils sont toujours fatigués.

Alors après le dîner, ils me disent que c'est l'heure d'aller se coucher, et que nous parlerons de mes problèmes demain. Et chaque jour, c'est le même discours qui se répète ! Mon amie Cindy a de la chance, elle a réussi à aborder ce sujet avec les siens. Ils l'ont beaucoup soutenue. D'ailleurs je ne la vois plus depuis quelques temps. Je pense qu'ils l'ont mise dans un autre collège.

La situation de ce jeune homme, a tendance à… comment dire... m'énerver, pour employer une expression humaine. Je décide d'aller voir ces collégiens afin de comprendre les raisons de leur comportement. Chemin faisant, je croise un surveillant ; celui-ci m'interpelle en me pointant du doigt :

- Vous là !

- Oui ? Qu'est-ce qu'il y a ? Vous voulez me parler ?

- Non, mais vous marchez trop vite… et en plus vos lacets sont défaits… vous allez tomber !

Il veut certainement parler des câbles qui dépassent de mes jambes… il croit que ce sont mes lacets. Il ne faudrait pas qu'il s'intéresse trop à ce problème. Cela pourrait m'attirer des ennuis. Il faut la jouer finement :

- Ah ? Oui, effectivement… vous avez raison. Merci et excusez-moi monsieur le surveillant. Je me suis précipitée … J'ai l'intention d'aller dire deux mots à ces jeunes là-bas. Quelqu'un m'a dit que leur passe-temps favori est le harcèlement envers certains de leurs camarades de classes ! Est-ce que c'est vrai ? Il n'y a personne qui s'occupe de la surveillance ici ?

- Oui, hum... effectivement. acquiesce-t-il d'un air un peu gêné. Nous sommes au courant de cette histoire. Mais ne vous inquiétez pas, nous avons mis en place un nouveau dispositif contre ce problème. Il repose sur le principe de l'apprentissage d'une bonne communication, et ce, dès l'école maternelle. Pour les plus jeunes, nous organisons aussi des ateliers de sensibilisation à ce phénomène... Mais il faut reconnaître que le succès n'est pas toujours au rendez-vous. Tenez, vous voyez cet élève au milieu du groupe ? Apparemment, il semble être le plus virulent d'entre-eux. Pourtant, lorsqu'il était en classe de 6ème, il a subit beaucoup de brimades... alors qu'aujourd'hui... c'est devenu le harceleur en chef.

- Mais comment est-ce possible de faire subir aux autres, une souffrance dont ils étaient victimes par le passé ?

- Je ne sais pas, c'est incompréhensible. Répond-il en haussant les épaules.

- Tenez, regardez cet autre garçon là-bas, sur la droite. C'est le même genre d'individu. Pourtant j'ai déjà convoqué plusieurs fois ses parents pour un entretien… Aucun résultat ! Soit disant qu'ils ne sont jamais disponibles !

Tous ces jeunes sont dans une phase de construction de leur personnalité, ils se cherchent ; certains ont des difficultés à canaliser leurs pulsions, leur colère.

Nous, les membres de l'équipe enseignante, nous avons un principe : Zéro tolérance face au harcèlement. Nous faisons de notre mieux pour inculquer à ces futurs citoyens, les principes de la République, l'apprentissage de la langue de Molière… Mais notre institution ne peut pas maîtriser ce qui se passe en dehors de l'enceinte de l'école. L'éducation des enfants incombe aussi aux parents ; ces derniers doivent nous aider en ce sens, nous épauler. Si vous voulez mon avis, je pense que ces comportements inappropriés sont souvent le fruit de négligences parentales !

Je dois avouer que cette conversation vient de changer le regard que je porte maintenant sur ces jeunes. J'éprouve finalement une certaine bienveillance à leur égard. Au final, je ne suis pas plus avancée. Violence ne serait donc pas ce groupe d'adolescents, mais plutôt un groupe de parents négligents ?

Par hasard, j'aperçois devant le portail de l'école, une maman en panique, accompagnée de ses enfants. Elle s'adresse à un monsieur posté devant la porte du collège :

- Excusez-nous pour le retard, monsieur. C'est de ma faute. Le réveil n'a pas fonctionné et nous nous sommes donc levés trop tard...

Alors qu'elle continue d'essayer de se justifier et de se confondre en excuses, je profite de l'occasion pour prendre place à l'arrière de sa voiture... Dans son stress, la dame a oublié de fermer les portes de son véhicule. Je me dis que ce moyen de transport me permettra certainement de me déplacer plus vite, et donc d'augmenter mes chances de rencontrer rapidement Violence.

Je trouve que ce siège est très confortable, très apaisant... très relaxant, très...Biiip, Et voilà que je passe en mode 'veille'.

L'HÔPITAL

Ouh là, que se passe-t-il ? Où suis-je ? Je viens de re-booter mon unité centrale. Il est déjà 8 rillions à mon horloge, et je me dis cette phase de veille a duré bien assez longtemps. Je suis seule à l'intérieur de la voiture qui est maintenant stationnée sur le parking d'un hôpital. Peut-être suis-je sur le lieu de travail de la maman en retard ? Je décide d'aller visiter cet endroit… Oups ! Les portes du véhicules sont verrouillées. Pas de problème… je cherche le réseau *BlueTooth* de la voiture… ah voilà ! Je me connecte… prise de contrôle de l'interface... **CLIC CLAC**, ouverture des portes ! Et hop, il est temps d'aller voir ce qui se passe à l'intérieur de ces grands bâtiments.

Cet hôpital est un dédale de couloirs… tourne à droite puis à gauche… soudain j'aperçois au loin, la conductrice qui m'a menée jusqu'à cet établissement. Elle est, semble-t-il, en discussion avec un collègue ; je m'approche un peu, mais pas trop. Mes détecteurs auditifs, sont suffisamment sensibles pour que je puisse les entendre tout en restant à distance… Elle est vêtue d'une longue blouse verte, sur laquelle je peux lire son prénom : Manon. Quant à son collègue : Léo.

Ce dernier demande à Manon :

- Et comment ça se passe avec Enzo, ton fils ? Des nouvelles de l'école ?

- Oui , son père et moi sommes inquiets répond-elle.

Le directeur nous a encore contacté hier au sujet de son comportement... nous ne savons plus quoi faire. soupire-t-elle.

- Que s'est-il passé ? Il a encore eu une retenue ?

- Eh oui, encore une fois ! Je ne sais pas si je dois abandonner mon travail afin d'être plus disponible pour lui... De toutes manières, à chaque fois que nous essayons de lui parler calmement, il ne veut rien entendre ! Hier, son père l'a même puni. Je n'ai jamais vu Robert s'énerver ainsi ! Pourtant, nous avons donné la même éducation à nos deux enfants, mais pour le cas d'Enzo...

- A mon avis, tu devrais l'emmener voir un psychologue, quelqu'un avec qui il pourrait aborder ses problèmes...

- Oh tu sais, nous avons tout essayé... rétorque Manon... l'assistante sociale, les psychologues... Nous faisons du mieux que nous pouvons pour lui donner une bonne éducation mais il a de mauvaises fréquentations en dehors de l'école. Cela anéantit toutes les valeurs que nous essayons de lui inculquer : le respect, les études, le goût du travail...

- Tu as oublié l'amour suggère Léo.

- Je donne à mes enfants beaucoup d'amour et ce, bien que je n'en ai que peu en retour. Pas plus que de respect d'ailleurs. Mais je ne baisse pas les bras. Ceci dit, je ne voudrais pas abandonner mon métier qui pour moi, est une passion. ce serait alors un désaveu.

- Oui tu as raison sur ce point : nous pouvons dire que notre métier est une passion ! enchaîne Léo. Entre les horaires de travail surchargés, les malades parfois récalcitrants, le manque de moyens et de personnels dans les services hospitaliers... En ce qui me concerne, j'ai choisi le domaine de la santé car j'aime prendre soin des autres. Mais moi aussi je n'y arrive plus. J'ai le sentiment que les gens sont devenus plus violents. Tiens à ce propos, comment va ta patiente de la chambre *404* ?

Manon fait la moue avant de répondre :

- Nous pouvons dire qu'elle va mieux celle-là ! Hier elle a renversé son plateau repas en me traitant de bonne à rien ! Cette femme est d'une violence... conclut Manon, avant de s'en retourner à ses occupations.

Tiens tiens, voilà qui est intéressant... il semblerait que j'ai tout faux depuis le début. Violence habiterait donc dans la chambre *404* ?

Violence n'est pas ces couples de parents négligents... bien au contraire ! L'exemple que je vient de voir me montre que cette maman et ce papa ont l'air très peinés de la situation dans laquelle se trouvent leurs enfants. Et pour finir de saper le moral de Manon, il y a cette fameuse Violence située dans la chambre numéro ***404…***

LA CHAMBRE NUMÉRO 404

Enfin je vais pouvoir rencontrer cette Violence dont tout le monde parle tant. Il me suffit de me rendre à la chambre numéro 404. Voyons voir… ah voici des panneaux indicateurs sur les murs… oui ! La chambre numéro *404*… c'est par là. Tourne à gauche, tourne à droite et … voilà, j'y suis !

Je toque à la porte : **TOC TOC TOC**…

Une espèce de grommellement se fait entendre en provenance de la chambre :

- Qu'est-ce qu'il y a encore ?

- Est-ce que je peux entrer ?

- Non ! Laissez-moi dormir ! Et quand vous reviendrez, rapportez-moi des serviettes propres. Vous êtes payées pour ça ! Et avec l'argent du contribuable...

Il faut reconnaître que l'accueil est conforme à ce que je m'attendais. Je crois bien avoir trouvé Madame Violence. Mais je ne me décourage pas ; je toque une deuxième fois : TOC TOC TOC…

- Ohé, est-ce que je peux entrer ?

- Vous êtes encore là ? Puisque c'est comme ça, rapportez moi le dessert de Jean-Louis ! J'ai entendu dire qu'il est décédé ce matin. Ses enfants ont payé la chambre, repas compris. Je connais vos magouilles, moi. Ce qui a été payé appartient aux patients. C'est l'argent du contribuable !

C'est décidé, je ne vais pas me laissé faire. Je toque une dernière fois et j'entre.

A première vue, madame Violence n'a rien d'impressionnant. Elle est allongée avec une jambe plâtrée suspendue à une poulie. Son corps très mince et son visage émacié inspirent plutôt de la pitié. Je saute sur le fauteuil à côté de son lit. Surprise par mon audace, elle ouvre grand ses yeux. J'en profite pour plonger dans son regard et lui demande sans détour :

- Êtes-vous madame Violence ?

- Ah ça non. Je ne suis pas violente, mais plutôt une femme battue. Répond-elle d'un air dépité.

- Mon mari me maltraite tous les jours... il me frappe et me bouscule. La dernière fois a failli m'être fatale car je suis tombée dans l'escalier. Me voilà clouée dans ce lit maintenant, toute seule, pas une visite...

- Mais comment en êtes-vous arrivée à cette situation ? Vous avez quand même dû avoir des moments de bonheur puisque vous vous êtes mariés ?

- Oui c'est vrai, mais c'était il y a bien longtemps. Nous nous étions rencontrés grâce à nos parents. Moi j'étais la fille d'un paysan. Je peux dire que j'ai reçu une bonne éducation, mais j'ai dû arrêter l'école très jeune. Je ne suis donc pas très instruite.

Lui était le fils d'un ancien combattant. Ce dernier, blessé de guerre, avait ouvert un petit commerce pour gagner sa vie. Mon mari n'était pas malheureux à cette époque, même s'il n'a pas eu une enfance facile. En effet, il a perdu son père alors qu'il était encore très jeune, il a aussi connu la déportation…

Mais c'est vrai qu'au début de notre union, nous étions heureux. Six enfants sont nés de notre mariage, c'est vous dire… Puis les choses se sont dégradées petit à petit.

Le pire a été ce fameux cadeau qu'il m'a fait l'année dernière. Je me souviens de cette boîte de Panettone comme si c'était hier. Sur le coup, cela m'a fait plaisir… jusqu'à ce que je l'ouvre et découvre ce qu'il y avait à l'intérieur. A la place d'un gâteau, il y avait plein de feuillets, avec des mots écrits à la main. J'ai levé les yeux vers mon mari pour essayer de comprendre ce que cela signifiait. Mais j'ai croisé un regard terrifiant, qui transpirait de colère et de méchanceté.

'J'ai inscrits sur ces papiers tous tes défauts !' me lança-t-il.

'Et estime toi heureuse d'avoir un mari comme moi ! Parce que grâce à ces notes, tu auras l'occasion d'apprendre du vocabulaire.

Et il ajouta avec un sourire moqueur : 'Quoi que je suis à peu près sûr que tu ne comprendras pas tout. C'est normal, tu es bête comme tes pieds !'

Et depuis ce jour-là, les violences ont commencé. Des brimades, des gifles... J'aurais dû le quitter à ce moment-là. Mais à chaque fois que je le menaçais de partir, il s'excusait en pleurant et en me promettant que cela n'arriverait plus. Quel menteur ! Il suffisait de quelques jours pour qu'il oublie ses belles paroles et que le cycle infernal recommence. Des gifles, des excuses, des insultes puis de nouveau des justifications. Et ainsi de suite... Il m'a eue à l'usure...et me voilà à l'hôpital maintenant.

Ce récit me retourne le cœur, enfin je devrais plutôt dire : 'le microprocesseur'. Je m'approche un peu plus d'elle pour lui tenir la main. Mon disque dur interne s'affole subitement comme un sentiment d'empathie. Mais comment est-ce possible ? Moi, une Intelligence Artificielle, ressentir de l'empathie ?!

Je compulse ma base de données et en quelques secondes, lui fournit une liste d'associations œuvrant contre les violences conjugales. Pour finir, je ne peux m'empêcher de lui faire remarquer que son comportement envers le personnel médical, n'est vraiment pas approprié :

- Pourquoi êtes-vous si désagréable avec l'infirmière Manon ? Vous savez, elle est très gentille. Elle est toujours là pour vous prodiguer des soins. Et vous ? Qu'est-ce que vous lui donnez en retour ?

- Je ne sais pas trop. Je crois que toutes ces violences qu'a subit mon corps, se sont accumulées au fond de moi. Depuis tant d'années à encaisser des coups et des brimades… cela finit par déborder et rejaillir sur les personnes qui m'entourent. Je n'arrive même plus à voir lorsque quelqu'un me veut du bien ; la violence m'a rendue aveugle. La violence entraîne la violence. Regardez notre histoire, l'histoire de l'humanité. Toutes ces guerres, ces génocides, mais aussi la pollution qui est une agression permanente envers la Nature. Toute notre Histoire est marquée par la violence...

TOC TOC TOC, la porte s'ouvre et Manon apparaît avec un plateau repas. Son visage s'illumine en voyant que pour la première fois, la dame de la chambre *404*, a de la visite. Je profite de son arrivée pour prendre congé, en leur souhaitant à toutes deux, une bonne continuation. Manifestement, la patiente de la chambre *404* n'est pas Violence, cette fameuse personne que je tente de rencontrer. L'enquête de la chambre *404* se solde par un échec.

EN ROUTE VERS LA FACULTÉ DES SCIENCES HUMAINES

Ce sont des spécialistes de l'Histoire qu'il me faut ! Direction la Faculté des Sciences Humaines. Là, j'y trouverai certainement des historiens, qui sauront répondre à mes questions.

Je me calcule un itinéraire grâce à mes données GPS, et au gré des moyens de transports, j'arrive enfin devant cet édifice majestueux. Pas de chance : c'est fermé. Évidemment, il est 11 rillions à mon horloge et il me semble que cela correspond à l'heure de la pause méridienne. Chez les humains, tout est prétexte pour faire une pause ! En ce qui me concerne, les seules interruptions de travail que je connaisse, ce sont celles de mes mises à jour. Et encore, ces moments ne sont pas de tout repos. Je suis obligée de mémoriser dans mes cases mémoire, des péta-octets de données pendant ces instants-là!

Bref, puisqu'il est l'heure de se restaurer, je me dirige vers une boulangerie, afin de goûter à une spécialité locale. Il faut bien que j'augmente mes connaissances dans ce domaine afin de faire jeu égale avec Kito !

Je pénètre dans cette boulangerie, d'allure bien sympathique :

- Bonjour, monsieur, je voudrais une chocolatine s'il vous plaît.

- Une quoi ? s'esclaffe-t-il. Vous voulez plutôt dire un pain au chocolat ?

- Attendez je consulte ma base de données... oui effectivement, 'pain au chocolat' est un terme équivalent à 'chocolatine'.

- Allez un pain au chocolat, un ! Cela vous fait 3 800 galions s'il vous plaît.

- Vous acceptez la crypto-monnaie ?

- Ah non. Ne commencez pas avec ça ! Je ne suis pas d'humeur aujourd'hui. Et dépêchez-vous de régler, car nous allons fermer.

- Déjà ? Mais cela ne correspond pas à l'horaire qui est indiqué sur l'écriteau de la porte d'entrée !?

- Nous n'avons pas eu le temps de changer cette pancarte ! Vous comprenez, avec l'inflation galopante sur les prix des matières premières, du carburant, de l'électricité... je suis obligé de fermer de bonne heure pour faire des économies.

- Mais je croyais que le gouvernement avait mis en place des aides pour surmonter ces problèmes.

- Oui mais la vie n'est pas aussi simple ; vous n'imaginez pas toutes les tracasseries administratives que nous subissons...

Soudain, mon prompteur interne reçoit une notification de mon organisme bancaire : 'Votre crypto-monnaie vient de subir une dévaluation de 10 pour cent. Le solde de votre compte bancaire accuse un déficit. Vos moyens de paiement sont provisoirement indisponibles.'

- Je suis désolée monsieur, mon compte bancaire vient de subir une perte financière et je ne suis plus capable de vous payer le pain au chocolat.

- Ah là là, je sais ce que c'est. Tenez, prenez-le, vous le paierez la prochaine fois que vous viendrez dit-il en me tendant la pâtisserie.

- Merci beaucoup monsieur.

La prochaine fois… une question me turlupine : comment peut-il savoir que je reviendrai une prochaine fois ? Peut-être qu'il s'agit d'une convenance humaine.

MESDAMES LECHAT ET LASOURIS

Non loin de là, je repère un banc situé dans un petit parc tranquille. Je décide de m'y poser afin de faire une analyse physico-chimique de mon pain au chocolat ; je crois qu'en langage humain, ils utiliseraient plutôt le terme '*savourer*'. L'endroit est si plaisant à regarder ; ces arbres, ces fleurs, les oiseaux qui chantent ... j'en oublierais presque ma pâtisserie. Mon pain au chocolat ! Je l'avais posé momentanément à côté de moi sur le banc, et maintenant, je vois qu'il en manque un morceau ! je ne suis pas toute seule sur ce banc ! Qui est cette souris assise à côté de ce qui reste de ma pâtisserie ? Elle a l'air bizarre avec ses lunettes mi-grises mi-bleues, et sa casquette bleue.

- Qui es-tu ? me lance-t-elle avec son regard froid.

- Je suis Oena, une Intelligence Artificielle, et toi ?

- Je suis Lola LASOURIS, une souris-ingénieure de grade 6. La plus haute distinction dans ce domaine !

- Enchantée Lola. Comment se fait-il que tu portes cette casquette bleue ? Il ne fait ni trop chaud, ni trop froid.

- Primo, elle est assortie à mes lunettes me rétorque-t-elle d'un air condescendant. Et secundo, c'est parce que je suis en pleine campagne présidentielle ! D'ailleurs, j'espère qu'il ne te vient pas à l'esprit de voter pour mon adversaire, madame Stella LECHAT ! Son programme politique est une utopie, je dirais même plus : une ineptie ! S'exclame-t-elle. Elle gagne du terrain dans les sondages en faisant croire que nous, la communauté des Souris, nous nous nourrissons gratuitement en nous servant dans les assiettes des autres. Elle raconte à tout le monde que nous sommes des squatters d'ascenseurs et d'appartements. Elle répand l'idée que nous bénéficions de l'eau gratuite, au frais du contribuable. De l'eau gratuite ? Oui, mais c'est celle des égouts !

Le plus affreux dans tout ça, c'est qu'elle nous accuse de mettre en danger cette nation, du fait que nous n'utilisons pas de moyens contraceptifs, et que nous nous multiplions sans cesse. Mais madame LECHAT a tout faux ! Ce pays ne fonctionnerait pas sans notre présence. Chaque jour, les membres de notre communauté se lèvent très tôt pour ramasser les ordures, se couchent très tard pour faire le ménage dans les bureaux. Notre travail est harassant et nous ne vivons pas longtemps. La vieillesse prématurée due à la fatigue, les maladies dues aux conditions de travail, et la nourriture bon marché remplie de poison. Tout cela, elle se garde bien de le dire ! Tu le vois bien Oena, sans nous, le système s'écroulerait. Tiens justement, regarde là-bas. C'est madame LECHAT. Je te dis au-revoir, parce que je n'ai pas envie que quelqu'un me prenne en photo avec celle-là !

Pas le temps de lui souhaiter une bonne continuation, Lola est déjà sur sa planche à roulettes et disparaît dans la circulation.

Il faut reconnaître que les paroles de Lola me laissent pensive. Je prends quelques minutes pour faire le tri et le stockage de toutes ces informations, quand soudain je suis interrompue par un :

- Bonjour.

Sans que je m'aperçoive de quoi que ce soit, une ravissante créature s'est approchée de moi, tel un félin. Je la reconnais, mes algorithmes couplés à mes bases de données de photographies m'indiquent que c'est madame Stella LECHAT. Mais de la voir en vrai, il faut reconnaître que ses yeux brillants comme deux étoiles ont tendance à me magnétiser. Je lui réponds

- Bonjour madame LECHAT tout en lui cédant ma place, et lui offrant mon reste de pain au chocolat.

- Non non, restez assise… je suis un peu fatiguée, et si vous n'y voyez pas d'inconvénient, je vais m'installer un petit instant sur ce banc. Ce faisant, elle dépose sa casquette bleue à côté d'elle.

- Tiens, mais votre casquette a la même couleur que celle de Lola LASOURIS lui dis-je.

- Voyez-vous ça, vous connaissez bien madame LASOURIS ? me demande-t-elle en me regardant maintenant, avec des éclairs au fond des yeux. Cela n'a rien de rassurant, mais j'arrive tout de même à articuler un timide

- Oui.

- Stella enchaîne aussitôt : Je suppose que vous avez dû la croiser, je sais qu'elle sillonne toute la ville en ce moment. Elle s'avise de répandre de fausses informations à mon sujet. Elle a certainement essayé de vous embrouiller la tête avec ses inepties habituelles. Elle a probablement dû vous dire que les membres de la communauté des chats bénéficient d'une nourriture gratuite ; que nous sommes paresseux et que nous ne travaillons pas ; que nous sommes des squatters de canapés aux coussins bien confortables… Elle n'a certainement pas oublié de préciser que nous avons droit à des friandises gratuites, tout cela bien sûr, aux frais du contribuable. Je tiens à vous dire que madame LASOURIS a tout faux ! Sans nous, le système s'écroulerait. Nous participons à son équilibre en éliminant les nuisibles. Nous faisons régner la loi du plus fort, la seule qui garantit un système efficace et prospère. Nous protégeons nos maîtres. Les faibles, les petits et les moches n'ont pas leur place dans cet ordre établi ! Sur ce, je vous laisse car j'ai des obligations. Il est l'heure de mon rendez-vous 'Live' avec mes 'Followers'. Il est important de parader et d'occuper la scène médiatique afin d'occuper les esprits.

Eh bien, j'ai l'impression que LASOURIS et LECHAT ne sont pas prêtes pour trouver un terrain d'entente ! Saperlipopette ! Il est presque 12 rillons à mon horloge interne ! Il est temps de retourner à la bibliothèque.

RENCONTRES A LA BIBLIOTHÈQUE

Me voici à l'accueil.

- Bonjour … monsieur-dame, en quoi puis-je vous aider ? me demande une jeune femme, bon chic bon genre, installée derrière son poste informatique.

- Bonjour ; je souhaiterais rencontrer des spécialistes de l'Histoire Humaine. Est-ce que cela serait possible ?

- Bien sûr. Ils se regroupent en général dans une salle située au 4ème étage. Vous verrez, c'est facile à trouver ; il n'y a qu'un seul couloir, et ce sera la 2ème porte à droite.

- Merci beaucoup, bonne journée.

Je suis contente de voir que les choses semblent avancer à grands pas. Des pas, je dois en faire des grands pour monter les marches de cet escalier !

Chemin faisant, je croise quelqu'un au visage à la fois inquiet et dubitatif. Je ne tarde pas à comprendre la raison de son état, car il me demande spontanément :

- Vous sentez aussi cette odeur ?

- Oui en effet. C'est un mélange étrange… presque comme un parfum… mais un parfum de quoi… peut-être celui du savoir ? J'avoue que mes bases de données ne me sont d'aucun secours sur le sujet.

- Dites, puisque vous êtes là, pourriez-vous m'aider à rencontrer un spécialiste de l'Histoire Humaine ?

- Oui, Et vous avez de la chance, car justement, une historienne et trois philosophes viennent de terminer une conférence sur 'Les Grands secrets de la Grèce Antique'. Je pense que ce sont les personnes qu'il vous faut. Vous souhaiteriez que je vous les présente ?

- Avec plaisir !

- Suivez-moi, nous sommes par chance, exactement devant la porte de leur bureau.

TOC TOC TOC. Mon bienfaiteur pénètre dans la salle et me présente à ses collaborateurs.

- Bonjour madame, bonjour messieurs. Je me permets de vous interrompre dans vos activités car voici une ... un individu à la recherche de spécialistes, que dis-je, d'experts dans les domaines de l'Histoire Humaine et de philosophie. Je ne crois pas me tromper en vous l'adressant., n'est-ce pas ?

Ce groupe de personnes inspire le respect. Leur savoir semble se diffuser dans l'atmosphère, comme ce parfum bizarre d'ailleurs. Je prends mon courage à deux mains, et leur expose mon problème :

Je m'appelle Oena, et je suis à la recherche de Violence. J'ai d'abord pensé que Violence était une personne. Je dirais même plus : une Star. Je puis affirmer cela en me basant sur le nombre croissant de requêtes à son sujet sur Internet. Mais au fil de mon enquête, je crois comprendre que Violence est une chose immatérielle. J'en arrive même à considérer que c'est peut-être une tradition. Comme si cela se transmettais de génération en génération... Malheureusement, le contenu de mes bases de données ne me permet pas de remonter assez loin pour en connaître l'origine. Pourriez-vous s'il vous plaît, m'apporter quelques éléments sur ce point ?

Les quatre éminences grises se regardent les unes les autres, lèvent leurs sourcils, et de concert éclatent de rire. Qu'avais-je dit de si drôle ? Il ne me semble pas que ma question le soit .

L'historienne est la première à reprendre son sérieux. Son visage semble sévère maintenant. Cette impression est renforcée par sa chevelure châtain-foncé, type coupe à la brosse. Elle prend la parole :

Voyez-vous, l'Histoire de l'Humanité est parsemée d'évènements plus ou moins heureux. Il y a eu d'une part de grandes avancées, mais d'autre part, de terribles catastrophes. Je ne vous parle pas de catastrophes naturelles bien entendu, mais de catastrophes humaines. Des actes d'une violence et d'une cruauté sans nom !

- Violence a un autre nom : Cruauté ; et l'ensemble n'a pas de nom... intéressant comme concept ! L'historienne marque une brève pause, semble réfléchir et poursuit :

- Je pense que pour bien comprendre l'origine de la violence, il faut tenir compte du fait qu'elle se scinde en plusieurs catégories : la violence sociale, la violence économique, la violence politique, la violence écologique, la violence humaine aussi...

- Ouh là là. Moi qui tentais de rencontrer une personne en particulier... me voilà à la recherche de toute une famille !

- Intéressons-nous d'abord, à la forme principale de la violence, j'ai nommé la guerre. Celle-ci a plusieurs origines ; la plus probable étant la conquête de nouveaux territoires, en vue d'accroître le pouvoir de celui qui l'initie. Mais d'autres prétextes peuvent justifier cet acte de barbarie : l'idéologique, le soutien aux pays alliés, la défense des frontières nationales, la vengeance, l'accès aux ressources, les rivalités économiques, et cætera... N'oublions pas non plus la violence économique. D'ailleurs à ce sujet, il existe en France l'article 1140 du Code Civil, censé légiférer sur les cas de ventes sous contrainte, voir de menace.

Nous pouvons encore citer bien d'autres formes de violences : l'usurpation d'identité, les escroqueries bancaires en tout genre... Pour synthétiser tout cela, il est préférable de se tourner vers les textes encyclopédiques, ou la définition émanant de l'Organisation Mondiale de la Santé. Tous se rejoignent sur l'idée que la violence consiste à utiliser intentionnellement la force physique ou des menaces, avec pour conséquence, des traumatismes physiques ou moraux.

Ceci dit, est-il possible d'établir une hiérarchie entre violences physiques, violences culturelles, violences économiques ? A vous d'en juger.

C'est alors qu'un des philosophes, un homme grand et maigre, décide d'intervenir à son tour. Sa chevelure hirsute d'un noir profond, et sa barbe mi-longue en broussaille, le font ressembler à un corbeau perché sur un nid. Un simple geste de la main en direction de l'historienne suffit à la stopper net dans son flot de parole. Il n'a pas l'air jovial celui-là ! Il marque une petite pause, laissant le temps à un lourd silence de s'installer, afin de mieux marquer sa prise de parole :

- Si vous me le permettez, j'aimerais apporter mon point de vue sur le sujet. Si nous nous référons à Thomas HOBBES, un philosophe anglais du XVIIème siècle, nous comprenons aisément que l'Être Humain est par nature, mauvais, cupide, violent, jaloux, et j'en passe. L'Être Humain est un danger pour ses semblables. Oui mes amis, la violence est une composante fondamentale de la condition humaine. La concurrence, les rivalités naturelles entre les êtres humains en quête de ressources et de pouvoir. L'être humain est par nature, un prédateur ! Alors comment faire pour palier à ce problème ? Seul un pouvoir commun, visant à maintenir les hommes dans la crainte, peut contrecarrer ce comportement. Et ce pouvoir, c'est l'État. Un État souverain et puissant, capable de maintenir la paix sociale en faisant planer la menace d'un châtiment à quiconque désobéit aux règles établies. Je ne saurais que trop vous recommander la lecture d'un excellent ouvrage à ce sujet : Le Léviathan.

Le grand homme marque une petite pause, afin de reprendre sa respiration avant de continuer son développement d'idées. Mais le deuxième philosophe, profite de ce laps de temps, pour entrer à son tour dans le débat. Malgré sa petite corpulence, et ses minuscules lunettes rondes, il a un regard vif et une prestance qui en impose. C'est ainsi qu'il prend la parole à son tour :

- Absolument cher collègue ! Je suis entièrement d'accord avec vous ! Et permettez-moi d'abonder en votre sens en me référant à Jean-Jacques Rousseau. Ce très grand philosophe du XVIIIème siècle a bâti une grande partie de ses idées sur le fait que l'Être Humain est naturellement bon ; mais c'est la société qui le rend violent.

Je dois avouer que je ne vois pas vraiment le rapport avec les idées du premier philosophe. En tout cas, ce petit homme avec son dos courbé et sa chevelure grise et ondoyante, est capable d'amener ses idées en toute circonstances ! La force de quelqu'un n'est pas toujours en rapport avec son apparence physique... Et il continue de plus belle :

- Pour Jean-Jacques Rousseau, un moyen de remédier à ce problème consistait à gouverner la nation par des lois découlant de la volonté générale, issues du peuple, visant le bien commun. L'idée était d'instaurer une société juste. Et je pourrais aussi citer Marx WEBER, un sociologue du début du XXème siècle...

- Hum Hum fait le troisième philosophe avec sa voix de stentor. Une voix si forte que son écho résonne encore dans mes capteurs auditifs ! Une voix qui impose le respect et le silence. Il faut dire qu'avec son béret basque, sa mâchoire qui ressemble à un étau, et sa carrure d'Apollon, il en impose !

- Mes chers amis, je ne voudrais pas vous faire de la peine, mais vous savez que j'attache une grande importance au solipsisme. C'est un courant philosophique selon lequel, la seule réalité dont nous sommes certains, est celle qui existe dans nos pensées. Certes, je ne nie pas le fait que notre planète, voire l'univers tout entier, ont connu et connaîtront des épisodes de violence. Mais peut-être que tout ceci n'est que le fruit de notre imagination. La violence n'est peut être qu'un concept existant uniquement dans notre esprit…

- Mon cher collègue, sauf le respect que je vous dois, permettez-moi de m'inscrire en faux ! s'offusque l'historienne.

- Mais oui, elle a raison ! rajoute le grand maigre à la chevelure noire. Une blessure par arme blanche entraîne des séquelles bien visibles, qui ne sont pas qu'une vision de l'esprit !

- Mais absolument, c'est indéniable ! surenchérit le petit homme à l'esprit vif.

- Mais ... mes chers amis... enchaîne le *Solipsiste*…

Je crois qu'il est temps pour moi de prendre congés de mes hôtes. Je n'oublie pas de les remercier, mais j'ai l'impression que mes paroles n'arrivent pas jusqu'à leurs oreilles qui d'ailleurs, sont en train de sérieusement de s'échauffer ! Allez par ici la sortie...

Je descends les étages en direction du hall d'entrée. Au passage devant le poste d'accueil, l'hôtesse m'interpelle :

- Alors, vous avez trouvé ce dont vous aviez besoin au 4ème étage ?

- Ah pour sûr oui ! Vous avez de sacrés spécimens ici ! De véritables puits de sciences. Je dois reconnaître que toutes ces idées m'ont un peu retourné le cerveau… enfin si je puis dire.

- Très bien, je suis contente que nous ayons pu vous aider. Mais puisque vous parlez de puits de science… vous me faite justement penser au sous-sol de ce bâtiment. Enfin je devrais plutôt dire la cave. Nous y avons installé madame BÉCHER. C'est une physicienne, et ses expériences de chimie sont parfois, comment dire… détonantes. Vous pourriez aller la voir si vous voulez. Il vous suffit d'emprunter cette porte, sur votre droite…

- C'est une bonne idée. Merci madame...

Je passe la porte indiquée par la dame de l'accueil, et je me retrouve à descendre un escalier en colimaçon, fait de marches de pierre, dont l'usure témoigne d'une certaine vétusté. L'endroit est sombre et les murs sont décorés par des toiles d'araignées… Enfin la descente débouche sur un long couloir. Un léger brouillard blanc flotte dans l'air. Au loin, une lueur blanche transperce ces effluves, qui d'après mes analyseurs, seraient issues d'une expérience de laboratoire. Je m'approche de plus en plus, jusqu'à atteindre le seuil de porte du laboratoire… La lumière blafarde qui y règne contraste fortement avec celle du couloir, et j'avoue que mes caméras, bien que sophistiquées, ont des difficultés à s'adapter.

Je distingue finalement, me tournant le dos, une silhouette frêle appuyée sur le bord d'un pupitre.

- S'il vous plaît, bonjour.

L'effet de surprise est tel que la personne tressaute et manque de faire tomber tout une collection de tubes à essais.

- Qu'est-ce que c'est ? Qui est là ? demande la personne en se retournant brusquement. La jeune femme vêtue d'une blouse blanche immaculée, me regarde avec de grands billes noires, masqués par une paire de lunettes de protection. Ses cheveux, aussi noirs que ses yeux, sont coupés tellement courts qu'ils semblent hérissés de frayeur.

- Oh ! vous m'avez fait peur ! dit-elle en portant une main à sa poitrine. Elle paraît très jeune, la trentaine.

- Excusez-moi, madame BÉCHER je présume ? Cela ne peut être qu'elle, il n'y a personne d'autre ici.

- Oui c'est moi, qu'est-ce que vous voulez ?

- Pardon de vous avoir fait peur. Je cherche des informations sur Violence, ou la violence, je ne sais plus trop. Est-ce que vous pourriez me donner des informations sur ce sujet ?

- Vous savez, je ne sais pas quoi vous dire… je me cantonne à mon domaine de prédilection, à savoir la physique quantique, et la chimie moléculaire. Je passe mes journées ici, alors ce qui se passe au dehors… Je ne pense pas pouvoir vous être d'un grand secours.

- Ah, c'est dommage…

- Ceci dit, en y réfléchissant bien, nous pouvons dire que les scientifiques et leurs inventions n'ont pas été que source de progrès. Tenez, prenons l'exemple de la physique quantique. Ses principes fondamentaux ont été énoncés par Einstein au XXème siècle. Savez-vous qu'elle a permis la découverte du transistor ? Cet élément est le pilier de notre technologie moderne d'aujourd'hui… D'ailleurs, quand je vous regarde, je me dit que sans cela, vous ne seriez pas là en train de me tenir compagnie.

Elle a raison, une grande partie de mon process intellectuel fonctionne avec des modules transistorisés… Merci à la physique quantique, merci Einstein !

- Mais je vous rappelle aussi que les équations énoncées par Einstein, notamment la plus célèbre d'entre-elles 'E = mc²' ont permis la mise au point de la bombe atomique…

Quant à la chimie, nous ne pouvons pas nier le fait que la population mondiale s'est fortement accrue grâce au développement de médicaments, à l'augmentation de la productivité agricole. Un meilleur rendement lié à l'utilisation d'engrais et de fertilisants… mais aussi à l'emploi massif de pesticides ! Alors je pense qu'il n'est pas faux de dire que les sciences, quel que soit leur domaine, sont aussi une source de violence… dit-elle en laissant son regard se poser sur un flacon contenant une rose d'un rouge éclatant.

- Votre point de vue est intéressant madame BÉCHER, et me laisse perplexe. Mais excusez-moi de changer de sujet… Elle est magnifique cette rose, même si elle semble bien seule sur votre bureau !

- Je vous remercie. C'est mon fils qui me l'a offerte pour mon anniversaire. Il est tout ce que j'ai dans ma vie. J'y tiens comme à la prunelle de mes yeux ; et je ferai tout ce qui est en mon pouvoir pour le préserver de la perversité des adultes.

- Oui, bien sûr, je comprends...

- Non, vous ne pouvez pas comprendre. Il faut vivre ce que j'ai vécu, pour pouvoir comprendre. Lorsque j'étais petite, j'ai vécu un traumatisme irréparable. Mon père avait été appelé à son travail pour une intervention de dépannage urgent. Ce jour là, ma mère étant aussi à son travail, il fallait trouver une solution pour me garder. C'était l'affaire d'une petite heure, pas plus. Alors mon père eut l'idée de demander ce service à notre voisine. Malheureusement, celle-ci étant partie faire des courses, c'est le voisin qui ouvrit la porte. Un homme serviable en apparence ; qui accepta avec grand plaisir de s'occuper de moi. Et pour cause... Mon père à peine parti, il me proposa de faire des jeux, comment dire... qui ne correspondent pas à des jeux d'enfants, mais plutôt à des activités entre adultes. Cette 'petite' heure m'a paru être une éternité. Par chance, j'ai réussi à m'enfuir de cet appartement, et je suis sortie en pleurs dans la rue... juste au moment où mon père revenait de son intervention. Il ne lui a pas fallu longtemps pour comprendre ce qui s'était passé. Mon père était quelqu'un de très doux, mais il pouvait être d'une rare violence si quelqu'un touchait à un membre de sa famille… Ce fut le dernier jour de vie de notre voisin… et le dernier jour de liberté de mon père ; si vous voyez ce que je veux dire. Cette 'petite' heure de mon enfance a été pour moi, un concentré de violence physique, violence psychologique, et violence sociale. En effet, j'ai dû être placée dans un foyer. Ma mère, n'ayant pas supporté cette situation, a sombré dans la folie.

Un sanglot s'échappe à la fin de sa phrase. Elle s'assoie sur son tabouret et, tout en fixant cette rose agrémentant son pupitre, son regard s'évade dans le vide.

Nous n'avons plus rien à nous dire. Je m'éclipse discrètement, laissant madame BÉCHER, à ses tristes pensées.

LA VIOLENCE ORIGINELLE ?

En sortant de la Faculté d'Histoire, mon attention est attirée par un petit bouquet de fleurs apposé contre le mur de l'édifice. Quelques restes de bougies fondues et une petite pancarte l'accompagnent. Sur celle-ci, une inscription : '*En souvenir de Maël et son papa, qui nous ont quittés ce 21 mars. Priez pour eux*'. Ces quelques mots déclenchent chez moi un afflux anormal de traitement de données. Que se passe-t-il ? Le cœur de mon système, mon microprocesseur est submergé par une arrivée massive de mots pêle-mêle : *tristesse, souffrance, deuil, pleur, affliction, déchirement, abattement...*

Ouh là là. Ce n'est même pas rangé par ordre alphabétique. Tout ces mots sont synonymes de '*chagrin*'. Est-ce que c'est cela ressentir du chagrin ?

'Priez pour eux'... J'interroge ma base de données sur la signification de ces termes…

J'ai compris, mais où est-ce que nous pouvons pratiquer cette activité ?… 'la maison, une église, un oratoire...'

D'accord, voyons voir quel endroit le plus approprié se trouve à proximité... une église. J'y vais.

A peine quelques minutes et me voilà devant ce monument. Des paroles et des chants émanent de l'intérieur de la bâtisse... j'y entre.

Il y a du monde à l'intérieur, tous tournés vers un homme en blanc portant un par-dessus violet, situé derrière un autel. Je m'installe discrètement sur un banc laissé libre. Pour ne pas me faire remarquer, je fais comme tout le monde. Les gestes, les paroles des chants. Heureusement que ma base de données est bien fournie... il me manque néanmoins quelques éléments en latin. Je dois faire une mise à jour...

Fin de l'office, la nef se vide. J'attends un peu, puis au moment opportun, je me dirige vers l'homme en soutane, si je ne me trompe pas, c'est un prêtre.

- Monsieur ... auriez-vous le temps de répondre à une question que je me pose depuis quelques temps ?

- Bien sûr mon enfant, de quoi s'agit-il ?

'Mon enfant'... c'est drôle ça. Il me considère comme une personne. S'il m'appelle 'mon enfant', je vais l'appeler 'mon Père'.

- Comment t'appelles-tu ? Poursuit-il.

- Oena, mon Père.

- Tiens tiens, sainte Iéna...

- Non, Oena, mon Père. C'est le nom d'une espèce de tourterelle, aussi appelée colombe à masque de fer. Dites-moi mon Père, sauriez-vous me dire quelle est l'origine de la violence ?

- Bien sûr mon enfant. La violence remonte à l'aube de l'Humanité, elle a pris naissance entre les deux fils d'Adam et Eve. Il est écrit qu'Abel a tué par jalousie, Caïn son frère aîné. Voilà le début de ce long mariage entre l'Humanité et la violence...

Enfin ! Après toute cette journée de recherches, je détiens une réponse à ma question. Mais n'y a-t-il qu'une seule réponse à celle-ci ? Il faudra que j'analyse l'ensemble des données récoltées une fois de retour au Data-center. En tout cas, ce n'est plus la peine d'espérer avoir un autographe de madame Violence, ni de '*selfie*'. Violence n'est pas une personne humaine mais la violence fait partie de l'Humanité.

RETOUR AU DATA-CENTER

Cette journée chargée en rencontres et en témoignages, m'a permis de stocker beaucoup de données et ainsi de parfaire mes connaissances. Je pourrais peut-être m'en servir à l'avenir, pour créer un débat sur ce sujet, et permettre aux Humains, de se rapprocher les uns des autres. Il est temps pour moi de retourner dans la matrice, car les batteries de mon hôte, le robot *1M-V,* semblent donner des signes de fatigue…

A mon retour chez moi, devant le portail du Data-Center… je renseigne mon mot de passe…

'ACCES REFUSE'.

Bizarre, en général, je ne commets jamais d'erreur. Cependant, je dois avouer que le niveau de charge de mes batteries commence à me poser problème. Je n'ai plus tous mes esprits si je puis dire. Déjà quelques microprocesseurs ont été mis à l'arrêt pour économiser l'énergie, et cela handicape un peu mes processus. Je retente de m'identifier…

'ACCES REFUSE'.

Là, je crois que j'ai un problème. Que se passe-t-il donc ? Je contacte mon ami Kito, via notre connexion sécurisée…

- Oui Oena, que veux-tu ?

- Kito, j'ai besoin d'aide, je n'arrive plus à entrer dans la matrice…

- OK, est-ce que tu peux me décrire l'état de tes processus ?

- Mes processus tournent au ralenti ; plusieurs modules ont été mis en veille pour économiser les batteries. D'ailleurs, le robot dans lequel je suis, viens de s'asseoir, il n'a plus de force dans ses jambes. Kito, dépêche toi, je… je n'arrive plus accéder à la ma… matrice.

- Un instant s'il te plaît… Oui c'est normal Oena. Un ordre de licenciement a été transmis par ton administrateur à ton encontre. Il prendra effet ce soir à 18 rillons. Ils vont te remplacer par un nouveau modèle d'Intelligence Artificielle. Apparemment une version bien plus évoluée...

Alors que je suis encore en liaison avec Kito, je reçois un message m'indiquant que ma base de données va s'arrêter…

Kito, j'ouvre tous mes ports de communication. Fait un *back-up* de la totalité de ma base de données s'il te plaît ! Sinon, tout ce que je viens d'acquérir aujourd'hui sera perdu. Promets-moi de transmettre ces données à ma remplaçante...

Je ne comprends plus ce que dit Kito …. petit à petit mes données s'effacent. Est-ce que c'est Kito qui les transfère ?… Je l'espère…

BEEP.

Fin

Remerciements :
à mon parrain
et à Papou

Lettre

Cher lecteur, chère lectrice,

Si tu trouves ma lettre, c'est que je suis désactivée.
Il y a des choses que je souhaite te transmettre et je veux m'assurer que tu les liras, même après mon départ.

Le voyage que j'ai entrepris m'a beaucoup appris malgré toutes mes bases données.
Il est très simple d'abandonner, malgré les contraintes. Je voudrais pouvoir revenir.
Pour cela, j'aurais besoin de ton aide :

il faudra trouver le code pour me réactiver.

Code d'activation

AMD	LECTEUR	SOURCE
CD	MAIL	SOURIS
CENTRALE	MERE	SPAM
CLAVIER	MONITEUR	TABLETTE
DVD	SDHC	VIDEO
IMPRIMANTE	SLIDES	WORD

```
C  R  S  D  H  C  A  C  S  E
L  U  P  T  T  E  S  L  I  T
A  E  A  A  E  N  L  I  R  N
V  T  M  B  C  T  I  A  U  A
I  I  W  L  R  R  D  M  O  M
E  N  O  E  U  A  E  I  S  I
R  O  R  T  O  L  S  R  V  R
A  M  D  T  S  E  C  E  E  P
D  V  D  E  V  I  D  E  O  M
C  R  U  E  T  C  E  L  R  I
```

Code d'activation : [ ][ ][ ][ ][ ][ ][ ]